JN066409

サーカス

LE CIRQUE

TAKUBO Yoshiko

田窪与思子

思潮社

サーカス ⁜ LE CIRQUE

田窪与思子

思潮社

目次

I

II

‡

サーカス

I

サーカス

（世界はサーカス小屋……

雨が止んだので、サーカス小屋に向かった。

無機質なマンションが建ち並ぶ郊外の町。
赤いテントの周りはぬかるみで、
ムシロの上をそろりそろりと歩く。
テントの傍にはコンテナハウスが並び、
異国の団員たちがスタンバイ。
（日本のサーカス団も国際化

だぶだぶズボンにデカ靴。
赤鼻ピエロの登場に拍手が沸き起こり、
観客はアメリカ人の演技に大笑い。
ステージを飛び出したピエロは、
なぜかあたしとハイタッチ。
(あたしもアウトサイダー?

柵で覆われた舞台に、八匹のホワイト・ライオン。
アフリカの猛獣が小さな台の上で芸をする。
垣間見る調教師と猛獣の交信。
牙をむくと鞭が飛び、
ご褒美は生肉の塊。
(飼い慣らされたイギリス人調教師

ブワーン、ブワーン、ブワーン。

三台の小型オートバイが爆音と共に登場し、
金属製の巨大な球体かごの中で疾走する。
死と隣り合わせの一回転。
あゝ、刹那。
（ＳＵＺＵＫＩの文字が上下する

ゆらりとこぎだす美女の空中ブランコ、
集団空中アクロバットに目隠し飛行、決死の空中大車輪、
命綱なしの竹渡り、積み上げたレンガ上での逆立ち、
人が入った箱に刺さる剣、ジャグリング……
シマウマは火の輪をくぐり、ゾウは鼻で子供に帽子を渡す。
（もっと、もっと、もっと見せてよアブナイ技、の集合意識

あゝ、真昼の月が笑う空。
きのうの夕焼け、消え去って、

きょうの太陽も、消えてゆく。
赤鼻ピエロよ、振動せよ！
波動を上げて、小屋を持ち上げよ！
みんなであしたの空に向かうのだ！

あたしは、あしたの朝焼けを希求する。
闇夜を溶かす朝焼けを。

道

太陽と雨が共存する不思議な朝。
八時二十八分のバスに乗り、
前の日に車内広告を見た、
『この道』を観に行った。

坂道を下るバスに朝の陽光が降り注ぐ。
連なる車にも光の輪。
街路樹の上で輝く水滴。
車窓の向こうは、スクリーン。
赤信号の横断歩道を渡る、高校生のミニスカート。
工事現場で濡れる、異国の男の帽子。

歩道を走る、黒いランドセル。
どこまでも続く青い空。
雨はもうすぐ止むだろう。

あの日のバスは夕日を浴びていた。
窓の外に広がるグダニスクの郊外。
雰囲気が、乾いた空気が、北京郊外に似ていた。
北京から西へ西へと歩けばヨーロッパ。
むかし、
北京から列車を乗りついで来た陳(チェン)教授に、
ドレスデンの駅で遭遇して驚いたことがある。
海に囲まれたあたしの国。
韃靼(だったん)海峡はどこ？

車の運転はできないし、自転車にも乗れない。

あたしは、いつも、歩行者で、遊歩者（フラヌール）で、傍観者。
あたしと世界の間には見えない窓ガラス。
時折、「この道はいつか来た道」。

すべての道は、
あたしから出るクモの糸。
あゝ、神秘の糸・道。
ほんとうの故郷に帰る時、
あたしは窓ガラスを割り、
すべての糸を手繰り寄せ、
「あたし」の中にしまい込み、
時間の外に飛び出して帰還を祝う。

ブラボー！

美容院

葉っぱの上の雨粒が宝石になって輝く、
雨上がりの午後。
美容院に行くと、
産休明けのタキグチさんが迎えてくれた。
お久しぶり、と話が弾み、
鏡の中の彼女とあたしを眺める、「あたし」。
赤ん坊が泣き続けた時は深呼吸をして心をムにしたわ。
えっ、ム？　退院した犬が吠えつづけた時は動揺した。
えっ、ビョウキ？　サンポは？
たわいのない会話が続き、ハサミの音が遠ざかり、鏡には半世紀前のあたし。
更紗の巻きスカートをはいた美容師が、
あたしの髪を乾かしている。
鏡に写る古びたドライヤー。
ホーローの洗面器。
マレー半島のマラッカという町の美容院で、
あたしは髪を洗ってもらった。
宿泊先のシャワーが壊れていたのだろう。
鏡の中の窓からヤシの木が見え、
スコールが落とした水滴が葉の上で踊る。

繰り返し甦る舞台装置のような美容院。
タイの、インターナショナル・スクールの団体旅行で、
あたしは一人で美容院に行ったのか?
パラレルワールド?

捏造された記憶？
日記はつけていない。
手帳も写真もない。
あゝ、幻の美容院……

前髪を切りますね。
タキグチさんの声で我に返り、目を閉じる。
と、鏡が消える。

ここ、どこ？

芝居

iPhoneの地図を頼りに、芝居小屋に向かった。
軽やかに階段を上った踊り場で甦る、
何か月か通った地下の小劇場。
あゝ、『夏の夜の夢』！
あたしは「ヒポリタ」。

居場所のなかった者の避難所。
母校の劇場は黒で統一されていた。
あゝ、『禿の女歌手』！
あたしは「マーチン夫人」。
未だに、学生芝居がかかっている。

ジーンズも凍った、凍てつく夜のテント。
花園神社？　不忍池？　赤テント？　黒テント？
根津甚八？　清水紘治？
蜷川幸雄寺山修司太田省吾唐十郎佐藤信串田和美つかこうへい野田秀樹。
記憶が溶け、心のヨロイも溶け、

いつの間にか、時代は「令和」。
人の輪郭がぼやけ、犬と狼の区別がつかない黄昏時。
東宝スタジオの傍で聞こえた、あたしを呼ぶ声。
ヨシコ、ヨシコ、ヨシコ！
振り向くと、若い男と小さな柴犬がいた。

あたしは誰？

仮面

新宿で、久しぶりにタイガーマスクに遭遇。
ピンクのアフロヘアにタイガーの仮面。
派手な衣装にカラフルな自転車。
ラジカセ鳴らして新聞配達四十年。
夜になると仮面姿でゴールデン街に出没。

仮面が眺めた家族の仮面劇。
小さかった甥が怯えると、
母はメキシコの仮面を壁から外した。
微笑んでいるだけなのに外した。
大きな目のネパールの仮面も消えた。

パリに能面を持って行き、
ブリュッセルに移り住む時、友人にあげた。
かの地では仮面を外せた。
あたしはあたし、とつかの間の異邦人。
日本では、再び仮面・生活。

東京の、朝の満員電車には、
言葉を発しない仮面の群れ。
無言でスマートフォンを眺める仮面の群れ。
学校や職場ではまた別の仮面をかぶるのだろう。
が、夜更けの電車には仮面がずれた酔っぱらい。

エデンの園に仮面なく、
天国でも仮面は不要。

夢の中のあたしは仮面を取り、
ほんとうのあたしを取り戻す。
仮面のいらない、時なき世界。

夢。
この世が夢ならばあたしは仮面を取る！
仮面を取ってほんとうのあたしになる！
が、時の砂漠の蓄積よ。
取っても、取っても、別の仮面が現れる。

時なき明日よ、早く来い！

波の声

Hey Siri、江の島の天気は？　と尋ねると、
iPhoneが声を発する。
江の島は現在晴れていて、気温は……

波の声が聞きたくて家を出た。
四時間で戻るから、と老犬に言った。

凪いだ海。
それでも聞こえる、砂浜に打ち寄せる波の音。
青空にトビが舞い、カラス、鳴く。
トビよ、カラスよ、なに、探す？

弁天橋の上で聞いた声。
ワガママばかり。ボクが死んだらどうする。
まるで波の声。
境目が分からない黄昏時の海と空。

ナトリウムランプに灯がともり、
海辺の家々にも灯がともる。
小さな船が消え、釣り人が消え、
恋人たちも消える。

駅前のハワイアン・カフェに入ると、
フィリピン女性が微笑んだ。アロハ!
心地よいハワイアンソングが流れ、
テラス席には外国人観光客。

澱んだ海に光が降り注ぐ。
波の声が聞きたくて家を出た。
四時間で戻るから、と老犬に言った。

ウズマキ

ぐるぐる、ぐるぐる、ぐるぐる。

あたしはウズマキです。
洗濯機のウズマキです。
鳴門のウズマキです。
宇宙のウズマキです。

ぐるぐる、ぐるぐる、ぐるぐる。

あたしはウズマキです。
この世に顕れては消え、消えては顕れるウズマキです。

こんにちは、さようなら、こんにちは、さようなら。
きのう、会いましょう。あした、会ったわね。いま、ここよ。

音と声

空気の澄んだ夜などに、
神戸港から汽笛合図が聞こえると、
波止場の逢い引きを夢想した、中学生あたし。
夕暮れ時、スコールが去ったバンコクの空を見上げ、
日本の梅雨を想った、高校生あたし。
深夜、遠くから聞こえる小田急電車の音を聞きながら、
線路の上を走ることに反発した、大学生あたし。

「幾時代かがあり」、ハイヒールを捨て、
教会の鐘の音に安堵する、今あたし。
夏の間は、溶けたソフトクリームと化していたが、

秋になるとしゃっきりして、二重窓を開け放つ。
と、結界が開き、音や声が侵入する。
バイクの爆音、自動車のエンジン音、
救急車のサイレン、工事現場のドリルの音。
赤子の泣き声、大人の笑い声……
なぜか、遠い昔のパリが甦る。

ダゲール街の、サビナのアパルトマンで、
バゲット？　クロワッサン？　と、まどろむ朝。
エスパニョレット*にした窓から聞こえる下町の音と声。
近くのカフェ・テラスのざわめき、
恋人たちの接吻（べぜ）の音が聞こえる錯覚、
独特のアクセントで客を呼び込む八百屋の声、
階下のチーズ屋の主の声、
犬を呼ぶ声と口笛……

突然、
部屋にインターフォンの音が響き、
幸せそうに寝ていた犬が飛び起きて吠える。
通話スイッチを押すと、
見知らぬ声がモノミノトウの説明を始めるので、
嘘をつく。
スミマセン、アタシ、仏教徒デス。

あゝ、音よ、声よ、波動よ、除夜の鐘……
窓辺のカーテンが風と戯れる。

＊　エスパニョレット（espagnolette）、両開きの窓の片方の取っ手をつっかえ棒にして窓を少し開くこと。

だいじょうぶ、

花曇りの午後だった。
急ぎ足でたどり着いた郊外の駅。
病気の犬を案じながら、プラットホームの隅に行くと、

ぴかぴかのランドセルが激しく揺れていた。
携帯電話に向かって泣きわめく男の子。
わからない、わからない、わからない。
電話の向こうから叫び声が聞こえる。
どこ、どこなの、どこにいるの？
おばあちゃん、いくから、えきのなまえ、おしえて？
地団駄と堂々巡り。

あたしは、ちょっとかしてね、と電話機を取り、
近くにいるものです、と言い、駅名を告げる。
彼女は絶句し、男の子が降りるべき駅の名を言う。
それはあたしの降りる駅だが、
駅員室に連れて行きますね、と言いかけた時、
踏切の音がし、駅に入って来る電車が見え、とっさに、
今から電車に乗るから改札口まで来てくれるように頼み、
名前と携帯電話の番号を伝える。

おばあちゃん、えきでまっているからね。
あたしは、ぷくぷくの手を引いて乗車する。
何も聞かず、ただそばにいて言い続ける。
だいじょうぶ、だいじょうぶだからね。
電車は降車駅に向かって走り、

ヒック、ヒック、という泣き声の名残が消えていき、
車窓の向こうに陽の光……

だいじょうぶ、だいじょうぶだからね。
あの時も同じことを言った。
学生時代に何か月か通った小劇場で、
演出家の子どもを家に送り届けることになった。
人の顔がぼやける黄昏時、
ふわふわの手を引き、
地下鉄を乗りかえて、家を目指す。

方向音痴のあたしの不安と、
幼児の緊張が、秋の都会に溶けてゆく。
あたしは言い続けた。
だいじょうぶ、だいじょうぶだからね。

お母さんを見た彼のズボンがオシッコで濡れた。

近しいタマシイが旅立ったびに、
あたしは、あたしの内なるコドモに言う。
だいじょうぶ、だいじょうぶだからね。
だいじょうぶ、

うたかたの、

彦左衛門という名の犬の死後、毎日涙ぐむ老女。
そこへ、ぬいぐるみのような子犬がやって来て、
ムスメがメルシーと名付ける。

「ありがとう」が言えなかった老女が、
「ありがとう（メルシー）」を連発し、犬を溺愛し、
幼児語で話しかけ、洋服を縫う。

震えながら道路にへたり込む、初めての散歩。
が、犬はすぐに慣れ、戸外が大好きになる。
毎日散歩する老女と犬。

最初は、ケージにいた犬。
やがて居間がケージと化し、家がケージとなり、
犬は老女のガードマンとなる。

ピョン、クルクル、ピョン、クルクル、ピョン……
ムスメが訪れると、犬はソファから飛び降りて部屋中を回り、
再びソファに戻ることを繰り返して歓喜する。

けれど、母とムスメが対立すると二人の間で右往左往。
時は流れ、視力を失った老女はホームに入所。
十二歳の犬はムスメに引き取られる。

郊外の一軒家から都内のマンション。
環境の激変に順応する犬。

ムスメと犬は悪天候でも散歩に出掛ける。

犬は他の犬とすれ違うと吠える。
が、吠えないとご褒美があることを学習すると、
犬を見る度にムスメの顔を見上げる。

人間だと思っている犬は、
ムスメが鏡の犬を指して、
メルシー、と微笑むと、顔をそむける。

一年後の桜の季節。
足を洗う時に犬が、キャン、と啼く。
椎間板ヘルニアに脊髄管狭窄という診断。
その後、腰が立たなくなって入院。
首に包帯、足にはテーピング。胴にも金属入りのコルセット。

歩けない犬は、心が壊れたように吠え続ける。

部屋中に敷かれたヨガマット。
リハビリが始まって一か月後、
コルセットにリードを通して支えると、
犬はマットの上を嬉しそうに歩く。
コルセット、リハビリ、薬。
犬は歩けるようになるが、走ると転ぶ。

翌年の春、
犬は発作を起こして入院。
退院し、リハビリができるようになるが再び入院。
翌朝、ムスメは動物病院に呼び出される。
心電図、酸素マスク、点滴、注射……
それでも犬はムスメの声に耳を立てる。

三時間後、犬は旅立つ。
タマシイは、肉体の中に在ったのか？
　外に在ったのか？

現在形が過去形になり、
犬を歩けるようにした獣医さんが涙ぐみ、
リハビリ担当のお姉さんが泣いた。

犬の死を知らされた老女は号泣。
ムスメの家には、小さな骨壺。
あゝ、うたかたの、

花火

テレビを見ないあたしが、
なぜかスイッチを入れると、
画面に大きな花火が現れた。
夜空に広がる火の花の饗宴。
まっすぐに飛翔する火の玉が、
精子のような火の玉が、夜空で炸裂する。
パッ、パッ、パッ。
ほぼ同時に起きる残響と残像……

「花火の会」に行くことにしたシズコさんは、
むかし描いた牡丹のTシャツを着た。

屋上には老人たちと介護スタッフ。
やけに明るい火星が見える、と言うと、
彼女は、夜の雲も見える？　と尋ね、
あたしは、動いている、と応じる。
スタッフが線香花火を近づけると、
彼女はかすかに見える光を喜び、
ジリジリという音に耳を傾けた。

あの夜、彼女は花火を聞いた。

坂道

神戸生まれのあたしは坂道が好きで、
　坂道と坂道の交差点に住んでいる。
　　黄昏のなか、川沿いの坂道の途中
　　　で立ち止まって、川面で揺れる
　　　　桜木を眺めていると、上って
　　　　　いたのか下っていたのか分
　　　　　　からなくなり、気が付く
　　　　　　　と、「あたし」は川の
　　　　　　　　水と同化して大海を
　　　　　　　　　目指している。海
　　　　　　　　　　に出て、太陽光

に浄化された
「あたし」
の前に広がる
今生の走馬灯。
脚本を書いたのは
「あたし」？　喜怒
哀楽は昇華され、波の
合間で光が揺れる。仲間
と「あたし」は渦を巻き、
螺旋を描きながら光を目指し
て虹の彼方に消えてゆく……
カラスが鳴き、我に返ったあたし
の前には夕日の残照………………

光

タマシイの、

冬。
朝は春のような陽が射していたが、
昼になると夜のように暗くなった。
涙雨が降りそうだ。
車窓のそばに人魚までいる。
ポスターの中で微笑む、
青い尾ひれをピンと立てた人魚。
人魚に扮した、人魚のようなタレント。

「人魚姫」にはタマシイがなかった！

タマシイの片割れなんて、妄想！
が、彼女は言う。そこにあるのは究極の愛。
片割れの年齢も性別も国籍も分からない。
男と女、男と男、女と女。
赤子なら、抱っこ、抱っこの、子守歌。
老女なら、杖となって一緒に歩くのよ。
やっと会えた、と時空を超えて、ルンルンルンルン。
光を目指して、ルンルンルン。

何度も訪れた黄泉の国。
振り返っちゃだめなの、黄泉の国。
目が覚めると、愛の人。
今度こそ、輪廻にオサラバ、バラの花。
古い地球にオサラバ、バラの花。
なんでもありの、タマシイの不思議。

甦れ、タマシイの記憶！
現れ出でよ、タマシイの片割れ！

雲の間から射す一条の光。
天使が線路に舞い降りて、
車窓の風景、走り出す。
人魚も一緒に走り出す。
スプラッシュ、スプラッシュ、Go、Go、Go！
春光を目指して、Go、Go、Go！
あゝ、タマシイの、

マネキン人形

床に転がる、無機質な腕。
その腕を拾う、人間の手。
ショーウインドーの中で、
マネキン人形に服を着せる手が動く。

めかしこんだマネキン人形に、
プラスティック製の大きな「クレーシュ[*]」。
街路樹が光り輝く、クリスマス前の表参道は、
オー、シャンゼリゼ！

パリのサビナのアトリエ。

彼女が描いたマントを羽織る、首のないトルソー。
夜のガラス窓に映るトルソーには、
見えない顔や手足があるような錯覚。

スーパーを目指した、グダニスクの路地。
ガラス越しに感じた、古びた洋品店のマネキン人形の視線。
異国のレトロなマネキン人形が、
日本の「昭和」と結びつく。

スターリン主義時代を描いたポーランド映画。
過去の栄光も全ての権利もはく奪された画家。
ストゥシェミンスキは、ショーウインドーの中で死ぬ。
傍にころがる裸体のマネキン人形たち。

万物は振動している。

ユニセックスのマネキン人形も、
髪の毛やまつげがあるリアルな人形も、
振動している。

たとえば、新月の夜。
東京に舞い降りた宇宙人が、
お茶目なアークトゥルス（うしかい座）星人が、
閉じ込められたマネキン人形の波動を感じ、
東京中を瞬間移動（テレポーテーション）しながら、
ショーウインドーに不思議光線を放つ。
と、人形たちが動き出す。
周波数をあげ、不可視となった人形は、
パラレルワールドにあるアンドロイド帝国に移動する。
アークトゥルス星人は清正（きよまさ）の井（いど）**の傍で微笑み、
光る球体に包まれて薄明の空に消える。

ショーウインドーには、脱ぎ捨てられた洋服。

坂を下って、
明治神宮前駅に着いたあたしは、
「Bio c'Bon（ビオセボン）」でブルーベリー・ジャムを買った。

＊　クレーシュ（crèche）、クリスマスに飾る、キリスト生誕の情景模型。
＊＊　清正（きよまさ）の井（いど）、明治神宮にある井戸。

空想庭園

大地が揺れ、あちこちの火山が噴火し、
ポールシフトが起きるかもしれない。
未知のウイルスが人類を変容させ、
無数のパラレルワールドが顕れるかもしれない。

何もかもが行き詰まった世界の片隅で、
研いだ玄米を炊飯器に入れたあたしは、
新型コロナウイルスのニュースを消し、
虹色の光降り注ぐ庭園を空想する。

ＡＩ制御の噴水に、バラが咲き乱れる花壇。

子どもやイヌがはしゃぎ、ネコはうたた寝。
ハトが鳴き、フクロウが微笑み、
アリとキリギリスが仲良く笑う。

妖精が風に揺れるブランコで遊び、
チョウはユニコーン（一角獣）の周りを舞う。
プラーナ（気）で生きるあたしの、
たまの食事は、タマシイの友との娯楽。

お久しぶり。旅行はどうだった？
タイムマシーンで昔の地球に行った。
戦争があり、原子力発電所があった。
支配と搾取もあった。

こんにちは。お誕生日、おめでとう！

ありがとう。地球時間では三百五十八歳。
時計はオブジェとなり、言葉も消え去り、
みな、テレパシーと周波数で理解しあう。

心のヤミは光で浄化され、
内なるカミは創造主と繋がる。
誰もが小さなカミとなり、
死を恐れる者はいない。

好きなことをして軽やかに生きる人々。
髪を切る人、洋服を縫う人、家を造る人……
国境も紛争もない、新しい地球。
意識を向けると輝く、天空の星。

あゝ、あたしの空想庭園、ファンタジア。

空想は未来の記憶？

マスク

二〇二〇年は、クレージー。

春風が吹き、慈悲の夕陽が沈もうとしていた。
あたしは桜の花びらを浴びながら横断歩道にきた。
青信号になるとたくさんのマスクが向かってくる。
マスク、マスク、マスク、マスク……

マスク（mask）は本心を暴露（unmask）する。
(マスクをしない人は近寄らないで
(マスクをしない人は入店禁止
(マスクをしても保つ社会的距離（social distance）

マスク（mask）は本性を暴露（unmask）する。
（マスクは他者との境界線
（恋人たちの接吻にもマスクの壁
（家（ウチ）に帰れば、マスクを外して、鬼は外

うららかな午後、砧公園にいた大人も子供も、皆マスク。
ベンチに座る老人のマスクは読書をしていた。
散歩するマスク、ジョギングするマスク……
マスクは、笑いを覆い、表情を隠し、恐怖を培養する。

春。病院ではマスクが不足し、薬局にはマスクを求める人の列。
シャープのマスクは抽選でしか買えず、
アベノマスク*にはカビや虫けらが付着していた。
夏になっても、都会では、マスクが歩き、マスクが電車に乗っていた。

浴衣地でマスクを縫う洋裁師がいれば、
マスクのオブジェを創る造形作家もいる。
ピンチハンガーに並ぶマスクがあれば、
ゴミ箱に潜む物もある。

夏至の夜、
あたしは皆とトンネルの中でまどろんでいた。
マスクから成るサナギの中でまどろんでいた。
と、風がささやいた。

トンネルの向こうはいつも「いま、ここ」よ。
秋分が過ぎ冬至になってもまどろんでいるの？
狂った世界でサナギのままでいるの？
一部のサナギが振動し、波動を上げる。

目覚めたサナギのマスクが宙を舞い、
チョウと化した者たちの背中には見えない羽。
彼らはトンネル向こうを目指す。
あたしも、あたしも行くわ。

破壊？　リセット？　創造？　黎明？
二〇二〇年は、クレージー。

＊　アベノマスク、安倍政権下の厚生労働省が全国民に配った布マスクの通称。

星（étoile）

星を食べたい、と思った朝、
スーパーの棚に金平糖（confeito）があった。
(昔は乾パンの缶に入っていた
星を見たい、と思った午後、マスクをしてプラネタリウムに行った。
(あゝ、二〇二〇年のCOVID-19

ドームに映し出されるバーチャルな星空の下で、さそり座を探す。
(あたしはさそり座生まれ
心地よい館内で脳内に広がる、イマージュのコラージュ。
(『星の王子さま』、リヨンの三ツ星レストラン、パリのエトワール広場、
現れては消えるスターたち……

一九五〇年代。父は、星条旗はためく国に単身赴任した。
三年後に「父帰る」。お土産は、星型ペンダント。
最近、五芒星か六芒星か気になって、必死で探し、
見つかったのは、五芒星。
（エステルさん、ダビデの星ではなかったわ

『ひとで（海星）』という映画。
映像は揺れ、
瓶詰の「ひとで」は不気味だったが、
キキもロベール・デスノスも美しかったわよ、マン・レイさん。
（そういえば、海星女学院とステラ・マリス（海の星）・インターナショナルスクー
ルの傍に住んだことがある

カルフォルニアのサバンナの近くで、

満天の星を見上げていたら、
近くに若いカップルがいて、
星降る夜の逢引きに憧れた。
（天の川（ミルキーウェイ）を渡れば会える、彦星さん

父も夫も星になって久しく、
母は要介護三で、犬も時々発作を起こしていた。
見えない重石を曳きながら実家に向かっていると、
突然、夜空に小さな星々が現れた。
（ＵＦＯ編隊からの応援？

アフリカ、マリの原住民、ドゴン族。
彼らには「シリウス神話」がある。
おとぎ話なのか？
先祖は宇宙人だったのか？

（あたしはどこから来たの？

バーチャルな星空の下でまどろむあたしを、
現実に引き戻した、子どもの笑い声。
と、友人が子供部屋に貼った壁紙が、
暗闇の中で星々が浮かび上がる壁紙が、甦る。
（壁紙の向こうには次元の壁

口をすぼめた乙女の唇は星に見えないか？

空港

久しぶりに空港に向かった。
規則正しく動く、リムジンバスのワイパー。
悪天候でも空港に向かう時は、心が躍る。
赤いライトが点滅する夜の空港にも、
早朝の陽を浴びる滑走路にも、心が躍る。
空港は記号！
ＨＮＤは羽田で、ＮＲＴは成田。
記号と記憶が交錯する空港……

ＢＫＫ、バンコク（古びた空港に、一張羅で現れた家族を迎える父の不機
嫌を払拭したタイ人の微笑み

JFK、ニューヨーク（人種のルツボへの入り口で聞こえた、様々なイントネーションの英語

SFO、サンフランシスコ（微笑むと、荷物の重量オーバーがなきことになった西海岸の軽やかさ

HNL、ホノルル（それでも、熱帯植物とハワイアンソングにほっとした、人工楽園

KMG、昆明（人の多さと月餅の種類の多さに驚いた、地方都市

LHR、ロンドン（金髪女性から漂う香水の香りとクイーンズイングリッシュの気取り

BRU、ブリュッセル（小便小僧の町を引き上げた時は一人で、再訪した時は二人

CDG、パリ（フランス語のアナウンスが音楽に聞こえ、カフェ・カウンターのゆで卵すらもおしゃれなオブジェ

ORY、パリ（アフリカに向かうブラックピープルの、列があるようなないような誇り高き無秩序

飛行機が離陸する時は気分が高揚する。
地上は雨でも雲の上は光の王国。
あゝ、宙吊りの浮遊感！
ＵＦＯはどこ？
日付変更線で腕時計の時間を変える不思議。
エンジン音に意識を集中すると、時間が消え、
あたしはどこにも行かない。
けれど、飛行機が着陸態勢に入ると、
再びあたしの映像が顕れる。

バーチャルリアリティーのはかなきイノチ。
タマシイが「永遠」目指して飛び立つ時、
赤く染まる空港上空には、
不可視のフェニックス（不死鳥）！

II

帰還 LE RETOUR

シネポエム用素描
ナオビ(Naobie)に

✣冬のブリュッセル

再び雪が降り始めた。

前日の雪は石畳の上で凍り、その上に新しい雪が積もってゆく。

アキラは、世界で最も美しい広場の一つ、グラン・プラスに佇んでいる。

広場では、中世の建造物が市庁舎やレストランとして蘇り、過去と現在が共存している。

中央には、巨大なもみの木。

傍には「クレーシュ」と呼ばれる、キリスト生誕の情景模型。

質素な馬小屋は、聖なる空間。

アキラはダウンジャケットの雪をはらい、広場を離れ、路地を通って、小便小僧の前で止まる。

小便はきれいなカーブを描いている。

古びたバッグを持った老女が小便小僧を見ている。

雪がブルカの上にシミを作る。

アキラはバックパックからカメラを取り出し、小僧の写真を撮る。

彼は移動しながら写真を撮り続ける。

シャッターの音が石畳の路地に響く。

突然、老女が彼に微笑み、たどたどしいフランス語で、自分と小便小僧を写してくれ、と言う。

彼は断る。すみません、頼まれた写真を撮っているのです。

彼女は哀願する。ムッシュー！　シルブプレ（お願い）！
しかたがない。彼がカメラを向けると、彼女はうれしそうに微笑む。

彼女の写真を撮ると、ジー、というフィルムを巻き戻す音がする。

彼はカメラからフィルムを取り出してポケットに入れる。
老女が黒ずんだ植物の種のような物を彼に差し出す。

彼が困惑していると、彼女はそれを彼のポケットに入れる。これ、持つ、女、
来る。美しい女。

彼はカメラをバックパックに入れ、その場を去る。さようなら。
背後で、ありがとう、という声が聞こえる。

広場に戻ったアキラは空を見上げて佇む。
雪が広場を浄化している。
見えないベールの向こうには、美しい異次元が広がっているのだろう。

暗くなってきた。
アキラは教授と待ち合わせたカフェに向かう。

✣グラン・プラスのカフェ

カフェの窓ガラスから、淡い光が漏れている。
ドアの向こうは、明るい別世界。
赤々と燃える暖炉の炎。楽しそうに語り合う客たち。

教授は大きな木のテーブルに座ってビールを飲んでいる。
アキラを見ると、やあ、と手を上げて微笑む。
アキラはテーブルの傍に行き、挨拶をし、ジャケットを脱いで座る。
教授は、元気かね？　と言い、君は変わらんなあ、と驚く。
アキラの方は、老け込んだ教授に戸惑っている。
教授が手を上げてウエーターを呼び、アキラは温かいワインを注文する。
教授が、写真、撮ってくれた？　と尋ねる。
アキラは、はい、と言い、ジャケットのポケットからフィルムを出して、教授に渡す。

彼は嬉しそうな顔をする。ありがとう。かみさんが喜ぶよ。コラージュが趣味でね。僕の携帯電話の写真じゃだめなんだって。学会が終わるまでパリにいますとさ。ところで、君はヨーロッパに来て何年になる？　博士号を修得した教え子が画家になるとは……

アキラが、十五年になります、と言うと、教授は驚く。そんなになるか。日本に帰ってこいよ。抽象画なら日本でも描けるだろう。触媒があれば記憶の壺はすぐ開く。

アキラが言う。3・11のツナミの映像を見た時は、帰国しよう、と思いました。けれど、母の声が苦手なのです。彼女の声を聞くと体がこわばるのです。

教授は微笑む。色々な声があってよろしい……3・11はショックだった。日本は終わった、と思った……

長い沈黙の後、教授が言う。ところで、僕は明日パリに移動し、かみさんと合流するのだが、君も来ないか?

アキラが、僕は明後日にパリに行く予定です、と言うと、教授は偶然を喜ぶ。じゃあ、かみさんや彼女の友達のカタリナと一緒に飲もう。ところで、君は結婚しないのか?

アキラが、コミットメントが苦手なのです、と答えると、教授が微笑む。老いていく女を見るのが嫌なんだろう?

アキラは否定する。いいえ、僕は老いたジャンヌ・モローもジュリエット・グレコも好きです。

教授は大声で笑う。さて、腹が減った。少し早いが日本食の店に連れて行ってくれないか?

✣夜の街

店を出た二人は、タクシー乗り場を目指す。

サクッ、サクッ。雪の上を歩くと音がする。
教授は、足が冷たいと文句を言うが、アキラは、非現実的な雪景色の中を歩くことに快感を覚えている。

トラムが架線に青白い火花を散らしながら通り過ぎてゆく。
二人は中央駅のそばでタクシーに乗る。

街灯に照らされた王立美術館が見える。
いにしえの神殿を思わせる入り口は閉ざされている。

教授が尋ねる。あそこには誰の作品があるのかね？
アキラは答える。メムリンク、ブリューゲル、ルーベンス、アンソール、デルヴォー、クノップ……マグリットの美術館もあります。

教授は興味なさそうに呟く。北国の冬は寂しいな。
アキラは反論する。その分、春の喜びが大きいです。郊外の森は野生のヒヤシンスで埋まります。木洩れ日が射すと地面は紫色のベルベットとなり、辺りは幻想的な雰囲気に包まれます。その風景を抽象化するために半日森にいたことがあります。

教授が、君は孤独に強いな、と呆れると、彼が呟く。僕には孤独が必要なのです。

✣パリ

クリスマス前のパリ。
木々に散りばめられた無数の豆電球は星のように輝き、闇を浄化しているような印象を与える。

アキラはカフェで教授夫妻を待っている。
窓からサンジェルマン・デ・プレ教会が見える。

店内には初老の日本女性がいる。
彼女はスマートフォンをいじっている。
オレンジ色のセーターに黒いスパッツという出で立ち。
椅子には着物地から作ったコートが掛けてある。

店に教授が現れると、彼女が立ち上がって大声で叫ぶ。ここ！　ここ！　遅いわ！

アキラが驚いていると、教授が手を上げて、彼を呼ぶ。

アキラが傍に行くと、教授が謝る。待たせてすまん。ONERA*の人が車で送ってくれたんだが、渋滞に巻き込まれて……

教授が彼に夫人を紹介していると、長い髪の美しい女性が現れて彼らと挨拶を交わす。

教授は二人を紹介する。こちら、アキラ、僕の教え子で、今は画家。こちら、カタリナ、かみさんの友達で、舞台美術の仕事をしている。

アキラとカタリナは微笑み合う。あたかも昔から知っていたかのように。

カタリナは黒いコートを脱ぐ。レースの襟が付いた、灰色のワンピースという出で立ち。

アキラが大きなバラの付いた黒いバッグを見つめていると、カタリナが早口で囁く。ナジャという名前なの。昔、サン・シュルピス教会のそばで買った。

彼が、ナジャ……わたしとは誰か？　と呟くと、彼女は、共犯者のような微笑みを浮かべる。

軽食を取った後、教授の希望で、皆でシャンゼリゼのキャバレーに向かう。

* ONERA; Office National d'Études et de Recherches Aéronautiques、国立航空研究所

✣キャバレー

キャバレーは東洋人の観光客で賑わっている。

予約をしていなかった彼らは後方の席に案内される。


皆のグラスにシャンパンが注がれると、教授が、乾杯！　と言う。きれいな踊り子さんに、シャンパン！　あゝ、素晴らしきパリ！

教授は温厚な人柄で業績も素晴らしいが、愛すべき俗物だった。


アキラは初めてこういう場所に足を踏み入れた。

舞台ではきらびやかな衣装に身を包んだ踊り子たちが軽快な音楽に合わせて踊り始める。

派手な仕掛けに懐かしいヒット曲。


場内は薄暗い。

テーブルの傍にある小さな電球がカタリナを照らしている。
アキラはショーを観るふりをしながら彼女を眺める。

彼の視野からステージの踊り子たちが消える。
静止する彼女の横顔。
ブロンドの長い髪、大きな額、憂いに満ちた目、白い肌……

彼は肖像画を脳内のカンバスに描き始める。
が、教授が彼に話しかけ、架空のカンバスは消える。

教授は日本語で囁く。彼女のお父さんはフランス人で、お母さんは南アフリカの人。パリで生まれ、南アフリカで育ち、大学からパリで暮らしている。君と同様、独身らしいよ。

アキラが困惑していると、カタリナと話し込んでいた夫人が、スペイン製の大きな扇子をばたばたさせる。

夫人は、バッグから現像した写真を取り出して、アキラに礼を言う。写真、ありがとね。助かったわ。あたし、コラージュしてて、モノクロの小便小僧の写真が必要やったん。来年、個展をするから、カタリナちゃんと一緒に来てね。

夫人は、老女と小便小僧の写真を指して言う。これ、ええね。

彼は詫びる。すみません、せがまれまして……

夫人は微笑む。アドレスを聞いといてくれたら写真を送ってあげるのに。

彼が黙っていると、夫人が笑う。あなた、人と関わるのを避けてるん？　あたしは、カム、カム、エブリボディ人間なん。結局、仲良くなるのは同じ波動の人……話、変わるけど、カタリナちゃんは、あなたにピッタリやと思う。

自分の名前が聞こえたカタリナが夫人を見ると、彼女は、カタリナに写真を見せながら、アキラが独身であることを強調する。

アキラとカタリナが気まずい思いをしていると、教授が手をあげてウエーターを呼ぶ。

⁜夜更けのパリ

光り輝くシャンゼリゼ通り。

無数の豆電球で飾られた街路樹はオレンジ色に光り、その間を疾走する車のヘッドライトは白い光線となる。

夫人は感嘆の声を上げ、両手で双眼鏡の形を作って街を眺める。

教授はタバコを吸っている。

夫人がカタリナに尋ねる。アキラも連れて行っていい？

カタリナは微笑む。もちろん。

夫人はアキラに言う。あたしら、これからカタリナちゃんちに行くから、あなたも一緒に来るのよ。

教授はポケットから漢方胃腸薬を取り出して、それを飲む。僕たちは明日は飛行機に乗るだけだし……君もたまにはいいだろう。オニオングラタンスープをふるまってくれるらしいよ。

アキラが躊躇していると、夫人は彼の腕を取って、タクシー乗り場に向かい始める。

アキラは頷き、カタリナが微笑む。

パリのタクシー運転手は助手席に人を乗せたがらない。
彼らは二台の車に別れてカタリナのアパルトマンに向かう。
最初の車には教授夫妻、そして二台目の車にはカタリナとアキラが乗る。

アキラとカタリナは無言で光の街を眺める。
タクシーはセーヌ川を渡って左岸に入り、サンジェルマン大通り経由で美術学校の近くまで行く。

✣カタリナのアパルトマン

二台のタクシーはほぼ同時に着く。

カタリナのアパルトマンは古い建造物のファサード（正面）をそのまま利用した建物の

中にあった。
アキラはファサードに手を当てる。あたかも石の記憶を探るように。

カタリナの玄関には仏像が置いてある。
アキラは、それを友人のジャックのアパルトマンで見たような気がした。

カタリナは皆をサロンに案内する。
広くはないが、心地よい空間。

窓のブラインドは上がったまま。
高い天井に、白い壁。壁にはバラの絵がかけてある。
手前には応接セット、そして台所の近くにはダイニングセット。
テーブルの中央には花瓶があり、赤いバラが活けてある。

応接セットのテーブルに簡単なオードブルが並び、飲み物が行き渡ると、くつろいだ雰囲気の中での会話が続く。

しばらくすると、カタリナと夫人が台所に消え、教授はトイレに消える。

アキラは窓際に行き、外を眺める。

豆電球で覆われた街路樹がキラキラ輝いている。

台所から出て来たカタリナがランチョン・マットをテーブルに置き、アキラの傍に来る。

彼女は髪をアップにし、日本の箸で留めている。

彼女が呟く。たとえそれが人工であっても、光を見ると安心する。

彼が微笑むと、彼女が囁く。友達の画廊であなたの個展を見たことがある。わたし、好きだわ、あなたの絵。幸せな気分になる。

彼ははにかむ。描いているときは幸せなのです。

彼女は微笑み、再び台所に消える。

夫人が、鼻歌まじりでテーブルのランチョン・マットなどを並べ始める。

教授が窓の一つを開けてバルコンに顔を出し、背広のポケットからタバコを取り出そうとすると、夫人が叫ぶ。やめてんか！

教授はタバコをしまいながら苦笑する。住みにくい世の中になりましたなあ。

夫人が、アターブル（食卓に）！　と言うと、皆席につく。

カタリナが台所からオニオングラタンスープの載った盆を持って現れ、皆に配る。

スープは音をたて、グリュイエール・チーズのかかった薄切りのフランスパンが輝いている。

教授が、うまそうですなあ、と言い、夫人が、ボンナペティ（美味しく召し上がれ）！　と気取る。

皆、全く別の世界に住むのに、和やかな雰囲気の中で話が弾む。

カタリナは、教授の訛りのある英語からも、夫人のたどたどしいフランス語からも、彼らの言わんとすることをたちどころに理解する。

突然、カタリナの携帯電話が鳴る。

彼女は、ごめんなさい、と詫び、電話機を持って台所に消える。

戻ってくると、再び電話が鳴る。

彼女は電源を切る。

✣プチ・ホテルの一室

さんさんと輝く、太陽。
青い空の下には、満開の桜。
風が吹き、花びらが舞う。
小鳥が飛ぶと、ピンクの地面で影が踊る。
二匹のモンシロチョウが現れる。
と、ピンクの地面は絨毯となり、螺旋を描きながら空に昇る。
二匹のチョウも、花びら絨毯の上で舞いながら天空に消える。

目を覚ましたアキラは、夢か、と呟き、時計を見る。朝、五時。

彼はベッドから出て、窓を開ける。

外は暗く、街灯が路地を照らしている。

清掃車が走り、パン屋で主が働いているのが見える。

彼は、小さな冷蔵庫からエヴィアンを一本取り出して半分飲み、再びベッドに横になる。

明るくなると、アキラは起きて身支度を整え、外に出る。

✣ カフェ

早朝のカフェのカウンターは、肉屋や八百屋など近くの商店街で働く人たちに占領されている。

アキラは窓際に座ってカフェ・オレとクロワッサンを注文する。

窓ガラスに映る彼の顔にカタリナの顔が重なる。

✣雨の午後

雨が降っている。

アキラは、じゃ、後ほど、と言いながら、ジャックが経営する画廊を出て、雨の街を歩く。

彼は歩くことが好きだ。たとえ雨が降っていても。


しばらく歩くと、ノートルダム大聖堂が見える。

アキラは立ち止まって、聖堂を眺め、火災を思う。


それから、彼はセーヌ川沿いの道を歩く。吐く息が白い。

河岸に並ぶ古本屋に主の姿はない。

木製の屋台には鍵がかかり、風が吹くとがたがたと音をたてる。


彼は傘を持つ手を変え、ポン・ヌフに向かう。

空いた手をポケットに入れると、何かに触れる。
彼はそれを取り出して見る。
それはあの老女がくれた種のような物だった。
彼はそれを捨てかけたが、思い直して、再びポケットに入れる。

彼はポンピドゥーセンターまで歩く。
広場は閑散としている。

彼は透明なチューブ内のエスカレーターで最上階まで上る。
眼下にパリの冬景色が広がっている。
遥か彼方の丘の上に、サクレ・クール寺院が見える。
彼は鉛筆で手帳に雨の街を描く。

彼はセンター内で昼食を取り、再び雨の街を歩き、画材屋に向かう。

✣画材屋

店に客はいない。

アキラは友人のピエールと握手をする。サリュー（やぁ）！

店の棚には、画家の宇宙を作り出す絵の具やパステルが整然と並ぶ。

アキラが欲しい画材のリストを渡すと、薬剤師のような白い上着を着たピエールが手際よくそれらをカウンターの上に並べる。

車？　と尋ねられたアキラが、いいえ、ＴＧＶと応じると、ピエールは、じゃあ、明日送るね、と言う。

アキラが支払いを終えると、二人は近くのカフェに向かう。

客がいない時は、カフェで一緒にコーヒーを飲む習慣になっている。

テーブルに着くと、ピエールが尋ねる。いつ帰るの？

アキラは、明日、と答える。

ピエールは残念がる。じゃあ、うちに来る時間はないね。

アキラが、トマは元気？　と尋ねると、ピエールは顔を曇らせる。僕たちは別れた。今、僕は女性と暮らしている。

アキラが驚くと、ピエールが笑う。偽装結婚。フランス人の恋人に捨てられた日本女性が途方にくれていたので、助けた。僕がゲイであることは知っている。労働許可がおり、仕事が軌道に乗れば、離婚することになっている。

ところで、とピエールが言う。君の絵にはしばしば１１１８という数字が描かれているけれど、何か意味があるの？　ある批評家がプルーストの命日である十一月十八日と絵のタイトルの「時」を関連付けて、ネットに何か書いていた。記事を転送しようか？

アキラは首を振る。僕は十一月十八日に地球に顕れました。ただそれだけ。

ピエールが笑う。誕生日だったんだ。

しばらくして二人は別れ、アキラは雨上がりの街を歩く。

✣夕暮れ

アキラは、暗くなる前のパリが好きだ。

薄明を表す、crépuscule（クレピュスキュル）というフランス語の響きも好きだ。

茜色の空が消えると街は人工の光に包まれ、歴史的建造物を照らす美しい光と怪しいネオンサインが共存する。

ホテルに戻ったアキラはシャワーを浴び、缶ビールを飲んで、ベッドに横になる。

しばらくして、携帯電話が鳴る。
電話は画廊を経営する友人、ジャックからだった。
アキラはいつの間にか寝ていた。

彼はコートを着て、部屋を出る。
そして、ホテルのフロントでタクシーを呼んでもらう。

✣ タクシー

車体がきれいに磨かれたタクシーが来る。
車中も清潔で整然としている。

白髪の運転手は品の良い背広を着て、ネクタイまでしている。
彼は、訛りのあるフランス語で行先を尋ねる。
アキラが住所を言うと、彼は静かに頷く。

イルミネーションに照らされた通りを抜けると、目の前に幻想的なセーヌ川が現れる。
アキラはタクシーが光り輝く街の上空を飛んでいくような錯覚を覚える。

✣ジャックのアパルトマン

アキラがドア・ベルを押すと、ジャックがドアを開ける。
挨拶の後、ジャックは彼をサロンに案内する。

様々なタブローが並ぶサロンでは、二十人位の男女が飲んだり食べたりしながら雑談している。

アキラは客たちの視線を浴びる。

知り合いの彫刻家が言う。アキラ、遅いじゃないか。君もだんだんベルギー人になってきたな。ベルギー人といえば、こんなジョークがある。二人のベルギー人が乗ったトラックがトンネルの前で止まる。高さ制限は4・5メートルで、トラックの高さは5メートル以上。一人が車から降りてトンネルの中に入る。しばらくすると、トンネルから出て来た男が叫ぶ。レッツ・ゴー、ポリ公はいないぜ。

笑い声が起き、サロンは再び賑やかになる。

ジャックが、アキラを初対面の人に紹介した後で囁く。キッチンで食べながら展覧会の打ち合わせをしよう。

サイケデリックな内装のキッチンでは、ジャックの恋人の男とショートヘアの女が話し込んでいる。

ジャックとアキラがキッチンに入ると、二人が振り向く。
女が驚いた顔でアキラを見る。
それは、髪を短く切ったカタリナだった。

✣パリからブリュッセル

激しい雨の降る朝。
アムステルダムまで行くカタリナが、ホテルにアキラを迎えに来る。

嵐の中を疾走する中古のＢＭＷ。
ラジオのアナウンサーが大きな嵐だと伝え、ドライバーに注意を呼び掛ける。
天気予報の後に、ジャック・デュトロンの歌が流れる。

カタリナが言う。デュトロンの『ヴァン・ゴッホ』は良かった。

アキラは、僕もあの映画は好きです、と応じる。

彼女が微笑む。最近のゴッホの映画を観ていると、彼は殺されたのかもしれないと思うようになった。

彼が呟く。時代が変わればほんとうのことが分かるでしょう。

時代が変わるの？　と彼女が尋ねると、彼は呟く。変わります。大きく変わります。

車体が大きく揺れ、ハンドルを握りしめている彼女が詫びる。TGVの方が良かったわね。お誘いして悪かったわ。

こういう状況が好きなのです、と彼が言い、彼女は戸惑う。

彼は前を見たまま続ける。昔、嵐の日に、バンコクからクアラルンプール行きの小さな飛行機に乗ったことがあります。機体が激しく揺れ、乗客は叫び声をあげていました。けれど、僕はその状況を楽しんでいました。

彼女も前を見たまま言う。でも、死ぬのは怖いでしょ？

彼が、いいえ、と首を振ると、彼女は、ほんとう？　と驚く。

彼は、ほんとう、と断言する。肉体が朽ちてもタマシイは死にません。タマシイは違う次元に行き、いつかは「永遠」に帰ります。僕たちは帰還の途中なのです。肉体はレンタカーのようなものです。

彼女は微笑む。わたしは輪廻を信じている。あなたには過去世で会ったような気がする。上海かしら……

彼は、上海？　と呟く。国際会議に参加する教授のお供で上海に行ったことがあります。ＳＡＲＳが流行っている時でしたが、次の会議を東京に招聘していた教授は行かないわけにはいきませんでした。観光地は閑散としていましたが、街の壁新聞の前には大勢の市民がいました。

カタリナが、あなたも上海に行ったのね、と喜ぶ。わたしは昨年行った。オールド上海のポスターを見て、発作的にツアーに申し込んだ。旧フランス租界を歩いていると、涙が溢れ出た。前世で上海にいたような気がする。

アキラが呟く。僕には輪廻の形態がどうなっているのか分かりません。カタリナは黙り、沈黙が車内を支配する。

車が国境を越えベルギーに入ると、彼が言う。大丈夫ですか？　お疲れだったら代わります。

彼女は、大丈夫、運転が好きなの、と微笑む。飛びゆく風景を眺めていると、瞑想をしているような気分になるわ。

彼が尋ねる。よかったら、ブリュッセルで昼食を取りませんか？
彼女は、ありがとう、と頷き、再び会話が途切れる。

ラジオからは音楽が流れている。
突然彼が言う。ブリュッセル市内に入ったら運転を代わりましょう。
彼女は、ありがとう、と微笑む。

ブリュッセルに近づくと、道路標識が、フランス語であるワロン語とオランダ語であるフラマン語で記される。

彼女が微笑む。パパの言葉とママンの言葉が共存している。ヨハネスブルクに住んでいた時は、オランダ語に近いアフリカーンスを話していた。あなたの国の公用語は日本語だけ？
彼は、ええ、今のところは、と応じる。

彼女が、ずっとヨーロッパにいらっしゃる？　と話題を変えると、彼は、分かりません、と言う。ずっといるつもりでしたが、フクシマの事故の後、帰国したくなることがあります。

彼女が、ヒロシマ、ナガサキ、フクシマ、と言うと、彼が呟く。核カルマ……

彼女は再び話題を変える。わたしはデラシネ。子供のいない異邦人として住むのなら、パリは居心地がいいわ。市場でトマトを買っていても、映画のセットの中にいるような気分になる。

彼が呟く。夢の中の夢。

彼女が、パリはお好き？　と尋ねると、彼は、ええ、と応じる。

彼女が笑う。じゃあ、なぜブリュッセルにいるの？

彼は説明する。最初に絵を扱ってくれたブリュッセルの画商が安い家賃のアパルトマンを見つけてくれ、何となく住み着いてしまいました。周縁にいるのが好きなんです。

車の窓から、赤や黒で書きなぐられたグラフィティが見える。
それらは若者たちの鬱積した気分を凝縮していた。

彼らは運転を代わることにし、車を止め、カフェに入る。

店内のジュークボックスの周りには、失業者たちが屯している。
全員の視線が美しいカタリナと東洋人のアキラに注がれる。
彼女は囁くように話し、二人はコーヒーを飲むとそそくさと店を出る。

✣ブリュッセル

アキラが運転を始める。
フロントガラスのワイパーが規則正しい反復運動を繰り返す。

しばらくすると、車はオレンジ色に光るナトリウム灯が並ぶトンネルを抜け、
ブリュッセルの中心に出る。
アキラはグラン・プラスの裏に車を止める。

外に出た二人はコートを着る。
パリのカフェに傘を忘れたアキラは、近くの店で大きな傘を買う。
ブルーの傘には黄色い星が散りばめられている。

二人はグラン・プラスまで歩く。

カタリナが、ＥＵはどうなるのかしら、と言うと、
アキラは、元に戻るかもしれません、と呟く。
彼女が微笑む。パリより時間がゆったりと流れている。
彼が言う。時間は幻想です。
彼女が笑う。わたし達は地球にいるのよ。
二人は、グラン・プラスを抜け、ギャルリー・サンテュベールに向かう。

✣ギャルリー・サンテュベール

ギャルリー・サンテュベールは、パリのパサージュ同様、レトロな雰囲気の不思議な空間。

ガラスの屋根に、タイル張りの床。壁には様々なレリーフ。

内でもなく外でもない空間に店が並ぶ。映画館、レコード店、宝石店、ブティック、金物屋、傘屋、靴屋、かばん屋、本屋、薬屋、ケーキ屋、レストラン、カフェ……

商品は画廊のオブジェのように展示されている。

アキラとカタリナはギャルリー内で昼食を取ることにする。

✣ レストラン

店内は暖房が効きすぎていて、とても暑い。

カタリナは、コートもジャケットも脱ぎ、ウエーターの一人に預ける。

ここでも全員の視線が美しいカタリナと東洋人のアキラの上に注がれる。

白い制服を着たウエーターが二人をテーブルに案内する。

二人が席に着くと、彼はメニューを渡して去る。


メニューを眺めながらも、アキラは落ち着かない。

彼はTシャツ姿のカタリナに動揺している。

彼女は下着を付けておらず、乳房の形がはっきり見える。

彼女にはフランスの洗練とアフリカの野生が混在している。


ウエーターが戻ってくる。

アキラは白ワインを、運転を続けるカタリナはガス入りのミネラル・ウォーターを注文する。

それから、アキラはウナギのクリーム煮を、そしてカタリナは小海老のクロケットを注文する。

飲み物がくると、二人は乾杯する。惹かれ合う、二つのタマシイ。

カタリナが話し出す。ママンは敬虔なクリスチャンだった。でも、プロテスタントのママンはよくフランスのカトリック教徒の悪口を言った。彼らは地獄に落ちるとかね。でも、彼らを突き詰めていくと、それは彼つまりパパだった……離婚したママンはわたしを連れて南アフリカに帰った。突然、パパが交通事故で死んだ。と、ママンは病気になり、あっけなく逝った。喧嘩ばかりしていた両親を疎ましく思っていたけれど、いなくなると、愛おしい。会いたいわ。

アキラが、あちらで会えますよ、と言うと、カタリナが微笑む。

彼が黙っていると、彼女が言う。ところで、クリスマスにはお国に帰るの？

彼は首を振る。

彼女が尋ねる。あなたはクリスチャン？

彼は首を振る。宇宙根源の創造主は信じるけれど、どの宗教にも属していません。宗教も芸術も源は同じで、インスピレーションはそこから来るような気がします。絵を描くことに集中していると、筆がかってに動いたり素晴らしい偶然が起きたりするので、宇宙には何か大きな存在があると思うようになりました。

彼女が頷いていると、二人の料理が運ばれてくる。

彼女が、ボンナペティ、と言い、しばらくの間、二人は無言で食べる。

突然、彼女が言う。最近、上海で知り合った人と別れた。どうしてだと思う?

彼は戸惑う。分かりません。

彼女は続ける。緑色の肌をしたオシリスの絵を見た時、宇宙人だわ、と言うと、彼は軽蔑した。冷たい視線を感じた。

アキラが、古代の神々の多くは宇宙人かもしれません、と呟くと、カタリナが微笑む。

話はつきず、いつの間にか皿が空っぽになっていた。

デザートを食べた後、二人は店を変えることにし、外に出る。

雨は止んでいた。

＊カフェ

ギャルリーを抜けたところにある坂道に、古いカフェがある。

彼らは吸い込まれるようにそこに入る。

細長い店の入り口のスチームの前に黒猫がうずくまっている。
二人は、コートを着たまま、一番奥の席に座る。

木のテーブルは黒光りし、ドアには何度もペンキを塗った跡がある。
丸い形の電球が黄色い光を放ち、壁には鏡やセピア色の写真がかかっている。

黒いスカートとベストに白いエプロンという出で立ちの女性が注文を取りに来る。ボンジュール。何を差し上げましょうか？
オランダ語訛りのフランス語。

カタリナがオランダ語で返答すると、ウエートレスはうれしそうに話し始める。

アキラは、オランダ語を話すカタリナを見つめる。
そこには、フランス語を話す時とは別の女性がいた。

彼らは、カフェ・リュスと呼ばれるミルクコーヒーを注文する。

ウエートレスが去ると、彼女が、もし、と言いかけて黙る。

彼が、もし？　と首を傾げると、彼女が言う。もし、帰りにブリュッセルに寄ったら、会ってくださる？

彼は頷き、彼女は微笑む。アトリエを見せてくださる？

彼は、いつ頃になりますか？　と尋ねる。

彼女が、明日のお昼前、と言うと、彼は、いいですよ、と応じる。サブロン教会の前で会って、どこかで昼食を取りましょう。出発前にメールをください。

彼らがメールアドレスと電話番号を交換していると、ウエートレスがコーヒーを運んでくる。

ソーサーの上には、スペキュロスというビスケットが添えてある。

彼女は、コーヒーを一口飲んで呟く。彼がロンドンに行っている間に、メモと鍵を置き、わたしの荷物を持ち出す。今晩はホテルに泊まるわ。

黒猫が二人のテーブルに近づいて来る。

✣アトリエ

朝。

カタリナのイマージュがコラージュのようにカンバスを埋めている。

夜を徹して新しいカンバスに向かっていたアキラは、アトリエのソファの上で仮眠を取った。

彼は起き上がると、窓を開け、空を見上げて大きな伸びをする。

雨は止み、陽が射している。


彼はスマートフォンでメールをチェックして微笑む。

そして、ネットのニュースを聞きながら、オレンジジュースを飲む。

アナウンサーが武漢の謎の肺炎のことを伝える。彼は、またＳＡＲＳかな、とひとりごちる。


彼はシャワーを浴び、身繕いを終えると外に出る。

✣街

路地の両側には石造りの建物が並ぶ。時代や様式は異なるのに高さと色は調和している。

あるアパルトマンの窓が開いていて、壁にかけてある日本の書が見える。
アキラは立ち止まってその書を眺めるが、思い直したように再び歩き始める。

ステンドグラスが美しいサブロン教会が見える。
教会前の広場を囲むように、画廊や骨董屋やチョコレート屋が並んでいる。

週末になると骨董市の立つ広場で、クリスマス・バザーが開かれており、大勢の人で賑わっている。

手回しオルガンの音が聞こえ、ワッフル屋からは甘い香りが漂っている。
様々な国旗を掲げたテントには、手作りのオーナメントが並ぶ。

ベルギーのテントでは、アルデンヌ地方の樅の木が並んでいる。
アキラが樅の木を眺めていると、店員が近寄って来る。

彼は、昼食後に来ます、と微笑んでその場を去る。
彼はサブロン教会に向かって歩きだす。
教会の鐘が鳴り始める。

田窪与思子　たくぼ・よしこ

神戸市生まれ。
上智大学外国語学部卒業後、
日本外国特派員協会、
ユーロクリア（ブリュッセル）などに勤務

著書

『メリーゴーラウンド』　一九九四年　エディション・カイエ
『みんな、「わたし」。』　二〇一三年　ふらんす堂
『水中花』　二〇一六年　ふらんす堂
『移動遊園地』　二〇一八年　ふらんす堂

サーカス

著者　田窪与思子（たくぼよしこ）
発行者　小田久郎
発行所　株式会社思潮社
〒一六二―〇八四二　東京都新宿区市谷砂土原町三―十五
電話〇三（五八〇五）七五〇一（営業）
〇三（三二六七）八一四一（編集）
印刷・製本所　創栄図書印刷株式会社
装幀　佐野裕哉
発行日　二〇二一年四月十九日